Photographie de couverture : **Dorothy-Shoes**

© Éditions du Rouergue, 2012
www.lerouergue.com

dacodac

Anne-Gaëlle Balpe
aristote in love

rouergue

*À mon fils, Clément,
pour son entrée au collège !*
A-G. Balpe

chapitre 1

On y était. Premier jour au collège. Première matinée. Et pour l'instant, c'était loin de valoir la dernière saison de *Monsters Killer*. Le prof principal nous racontait des histoires d'emploi du temps, de délégués, de salles de cours. Ça faisait un moment que je planais au-dessus de tout ça.

J'ai tourné la tête et j'ai vu une fille qui gribouillait des trucs mauves sur son agenda. Elle sentait fort le parfum, genre fruits de la passion-chocolat.

Pendant que je l'observais, elle s'est mise à parler sans me regarder.

– Aristote, t'as vraiment un prénom de guerrier, c'est trop stylé.

J'ai mis environ vingt millisecondes à comprendre qu'elle s'adressait à moi, comme si des Aristote, il y en avait douze dans la classe. J'ai tenté de ne pas avoir l'air surpris, mais ma réponse a été pitoyable.

– Ah, ouais, je sais, c'est pas courant. Tu t'appelles comment, toi ?

– Yasmine. Comme la copine d'Aladin dans le dessin animé. On peut pas imaginer plus naze. Mais tout le monde m'appelle Mina, alors ça le fait quand même.

Ensuite on ne s'est plus parlé. On ne s'est même pas assis l'un à côté de l'autre, dans les autres salles. La journée est passée. Mais ça ne m'a pas empêché de penser à elle et à ce qu'elle m'avait dit sur cette histoire de guerrier.

À peine rentré chez moi, j'ai balancé mon sac dans ma chambre et je me suis renseigné. Après tout, je n'avais jamais bien compris ce qu'avait fait Aristote pour être si connu à part avoir été vivant et être mort maintenant. Surtout, je ne savais toujours pas pourquoi ma mère avait eu envie de m'appeler comme ça.

Parce qu'Aristote, c'est sûr, c'est pas un prénom commun. Pas comme Nicolas, Théo, Yacine ou Martin. Aristote, c'est rare. C'est impressionnant. Ça met « la barre haut » comme dit mon grand-père. C'est un prénom « très très original tout de même », comme dit ma grand-mère. Alors j'imagine que c'est génial de s'appeler comme ça, quand on veut se la jouer « je suis pas comme les autres ». Le truc, c'est que moi, j'aurais trouvé ça pas mal aussi de passer inaperçu. De m'appeler Maxime, Ousmane ou Simon, comme mes potes. Ça aurait été simple, pratique, ça m'aurait permis d'être aussi bien un grand balaise qu'un petit peureux, plus tard. Ça va avec tout, un prénom classique. Ça laisse le choix dans le destin au moins.

J'avais tout imaginé, au sujet d'Aristote. Général, grand guerrier, empereur, ça pouvait être un traître même, pour peu qu'il soit courageux. Mais ce que j'ai finalement lu sur Internet n'avait rien à voir avec ce genre de type, et j'ai pris une sacrée claque.

D'abord, j'ai vu une peinture où on le voyait se balader en robe.

Ensuite, j'ai lu :

Aristote
Philosophe grec né en -384 à Stagire, et mort à Chalcis en -322.

D'abord disciple de Platon, Aristote fonde par la suite sa propre école, qu'il nomme le Lycée.

La rigueur de sa pensée, et en particulier le syllogisme, permet de le considérer, avec les stoïciens, comme l'inventeur de la logique.

Et puis…
Philosophe
Personne pratiquant la philosophie.

Alors, évidemment j'ai cherché aussi :
Philosophie
Activité humaine qui consiste à se poser des questions puis à y réfléchir et à discuter des réponses possibles.

Exemples de questions : À quoi sert-il de vivre ?, Qu'est-ce que le bonheur ? ou Pourquoi une chose est-elle belle ?

La philosophie essaye surtout de comprendre la place de l'homme dans le monde, ou bien le sens de la vie.

Ensuite j'ai regardé des infos sur la Grèce, et j'ai découvert que là-bas, ils n'utilisaient pas le même alphabet que nous. Qu'en fait ils écrivaient avec des lettres bizarres qui portaient des noms de vitamines, alpha, oméga, tout ça.

Et aussi qu'à l'époque d'Aristote, on parlait en grec ancien qui était désormais une langue *morte*, qu'il n'y avait même pas de livres et qu'on écrivait sur des rouleaux super fragiles fabriqués avec des plantes compressées.

Et puis j'ai fini par cliquer sur une pub pour des voyages et par tomber sur des vidéos marrantes avec des types qui tombaient à l'eau en faisant du jet-ski.

chapitre 2

Bref, on peut dire que j'avais tout imaginé à propos d'Aristote, sauf qu'il pouvait être philosophe. Et je le sentais moyen le coup du prénom stylé parce que, pour résumer, Aristote était un type qui ne se battait avec personne, qui portait des robes et qui écrivait dans une langue morte. Faut avouer, ça le faisait carrément pas.

Yasmine ne trouverait jamais ça aussi bien qu'un guerrier.

Quand on a un truc archidifficile à faire, il vaut mieux s'y mettre tout de suite. Sinon ça pourrit la journée. Le lendemain matin, première heure, je me suis approché de Yasmine dans le couloir et j'ai lancé, direct comme ça, même pas peur :

– Faut que je te dise, Yasm… euh Mina, Aristote c'est un type qui a vécu en Grèce, dans les années moins 300 ou quelque chose du genre. C'est un philosophe, en fait. Pas un guerrier. Tu vois ?

L'idée qu'il y ait des années en « moins », déjà, j'arrivais pas à comprendre. C'était quoi les années en « moins » : des années pendant lesquelles le temps était passé à l'envers ? C'est clair que non, alors je ne voyais pas à quoi ça servait d'aller en dessous de zéro dans le temps. Mais j'ai gardé ça pour moi.

– Wahou. J'hallucine. C'est quand par rapport à Mozart ?

– Je suis pas sûr, avant en tout cas. Aristote c'est limite un homme préhistorique.

J'ai attendu sa réaction. Jusque-là, au niveau du prénom, le type qui a existé y a super longtemps, ça forçait le respect tout de même. Mais au lieu de pousser un cri d'admiration, Yasmine a répondu :

– Et il s'est battu contre qui ?

Là, j'ai senti que ça n'allait pas être facile.

— Non, mais c'est pas un guerrier, je te dis. Il a écrit des tas de bouquins super importants.

— Tu les as lus, toi, ses livres ?

C'était le moment de sortir ma science, la vraie, celle qui dépassait les cinq premières lignes de l'article *Aristote* trouvé sur le Net.

— En fait il n'a pas vraiment écrit de bouquin, parce qu'à l'époque, en moins quelque chose, les livres, ça n'existait pas. On écrivait sur du papyrus.

— Du quoi ? Je croyais qu'il était grec, ton Aristote, là !

— Non mais le papyrus, c'est pas un papy qui débarque de Russie ! C'est un truc ultra fragile et pas du tout pratique qu'on utilisait, avant, pour écrire.

— Trop fort. Heureusement que maintenant on a les cahiers à spirales, hein ! D'un autre côté ça serait marrant d'entendre les profs balancer : « Sortez vos papyrus ! » Enfin, je trouve.

Elle a dit « Sortez vos papyrus » avec une grosse voix et on a commencé à se marrer. Le genre de rire qu'on ne pouvait plus arrêter. J'en avais les larmes aux yeux. Mina, elle, elle se tenait au mur comme si ses jambes étaient en spaghettis trop cuits. C'est là que M. Prévot a ouvert la porte d'un coup et s'est mis à hurler :

– On se calme et on rentre en cours, les sixièmes 3 !

Finalement les fous rires, dans ces cas-là, ça s'arrête aussi vite que ça a commencé. C'est dingue.

M. Prévot, c'est le prof de musique. La musique, normalement, ça met de bonne humeur, c'est plus drôle que les maths ou le français, mais M. Prévot, lui, ça avait l'air de sérieusement le stresser. Et dans la classe on a senti comme un vent de panique. Personne n'a plus bougé. Personne n'a plus parlé. On a noté silencieusement le matériel à acheter, cahier de musique et chant grands carreaux quatre-vingt-seize pages, flûte à bec.

Cette fois, Yasmine était à côté de moi, tout au fond. J'avais super envie de lui dire la vérité, à propos d'Aristote, de ses robes, du grec mort et tout. Depuis qu'on avait eu ce fou rire, j'avais l'impression que je ne devais plus lui mentir.

Comme si ce rire avait construit quelque chose entre nous. Le prof nous fixait avec des yeux de prédateur. Impossible de parler. J'ai pris une feuille et j'ai écrit :

Faut que j'te dise, Aristote, c'est pas un guerrier. Il a même pas écrit des BD, mais rien que des trucs archi sérieux, sans image. Aristote, c'était pas le genre à inventer les blagues Carambar ou la pâte à prout. LOL.

J'ai passé le mot à Yasmine en regardant droit devant, comme si ma main était complètement indépendante de mon corps. Ensuite, j'ai attendu qu'elle ait fini de lire. J'avais un peu la trouille de ce qu'elle allait en penser. Je ne savais pas trop pourquoi.

Finalement, elle a griffonné sur ma feuille et m'a repassé le mot vite fait.

Il a écrit quoi, alors ? Des modes d'emploi ?

Comme je ne pouvais pas tourner la tête pour voir Yasmine, je n'ai pas réussi à savoir si elle se foutait de moi ou pas. Après tout, ça l'intéressait peut-être. Alors j'ai continué.

Aristote et ses potes, ils passaient des heures à discuter de choses comme : « Pourquoi une chose est belle ? » On voit qu'à l'époque y avait pas de jeux vidéo. C'est ça un philosophe. Mortel, hein ?

Pendant que Yasmine a lu mon mot, j'ai déchiré un petit bout de papier d'une autre feuille et j'ai écrit :

Tu préfères avoir cours tous les jours avec M. Prévot ou lire les bouquins d'Aristote en grec mort ?

J'ai posé le deuxième mot devant Yasmine et elle s'est mise à rire. Alors forcément j'ai ri aussi, parce que le rire c'est comme un virus, ça se balade de l'un à l'autre à la vitesse de la lumière. Et que rien ne peut empêcher ça, même pas les antibiotiques.

Le prof s'est dirigé droit sur nous. Il a ramassé les mots. Toute la classe était en pause. Terrorisée.

– Vous commencez bien l'année tous les deux ! Noms !

– Aristote Delcourt.

– Yasmine Bensader.

Manquait plus que « Unis par les liens sacrés du mariage ». Bon, fallait pas exagérer. Le truc qui s'était construit entre Yasmine et moi, c'était pas déjà ça. Le seul lien qui nous unissait, là tout de suite, c'était les deux heures de colle que ce terroriste de Prévot nous avait filées. Le *Tu préfères avoir cours avec M. Prévot ou lire du grec mort ?*, sur le deuxième mot, il n'avait pas vraiment apprécié. Je ne pouvais pas lui en vouloir.

chapitre 3

Comme M. Prévot a voulu nous filer une colle « pédagogique », il nous a demandé de faire des recherches sur Aristote, le vrai. Pour qu'on rédige devant lui une biographie de la bête.

– Des notes, hein, pas un texte tout prêt. Attention, je vérifierai, qu'il a ajouté, ce monstre.

Ça aurait pu m'affoler mais en fait, ça tombait super bien et j'ai dit à Yasmine que je m'occupais de tout. Parce que depuis que j'avais découvert qui était Aristote, j'avais pris conscience d'un truc : porter ce prénom, c'était un peu comme escalader la face nord de l'Himalaya en pantoufles. Juste impossible. Sauf qu'une fois au milieu de la neige avec son piolet et sa cagoule, pantoufle ou pas, fallait bien y aller, tout en haut. Non ? C'est pas comme si on avait le choix.

J'ai donc décidé que le plus simple, pour continuer à m'appeler Aristote, c'était de devenir moi aussi un philosophe (mais un philosophe du XXIe siècle, hein, pas un philosophe d'en dessous de zéro qui gratte des papyrus).

Première chose à faire : choisir des sujets importants. Des sujets qui font débat. Pas comme la beauté, le temps ou la nature, parce que ça, tout le monde sait ce que c'est. En plus, c'est pas passionnant et je risque la mort par ennui.

Deuxième chose à faire : observer et prendre des notes. Et pour ça, forcément, il me fallait un carnet à mettre dans ma poche.

Deux jours plus tard, ma mère est donc revenue des courses avec un petit carnet à spirales au milieu des yaourts et des betteraves (parfois, moi je dis, faut pas être susceptible quand on veut aller loin). Au moment où elle me l'a tendu, c'était comme le début d'une nouvelle vie.

— Tu as besoin d'autre chose, pour le collège ?

— C'est pas pour le collège, maman, c'est perso.

Mon honnêteté me tuera. Pour éviter un développement sur le thème « Ah bon, tu écris ? C'est un journal ? », j'ai foncé dans ma chambre en criant : « Merci maman ! »

Le moment était venu de décider de mon premier sujet d'étude. J'ai griffonné des trucs comme *L'amitié entre garçon et fille est-elle possible ?* et plein d'autres questions importantes de ce genre. Ça faisait un beau programme. Si Aristote-le-vrai avait vu ça, il aurait moins fait le fier, c'est sûr.

— Aristote, tu penseras à mettre tes slips dans la machine ? À moins que tu attendes encore un mois ou deux, histoire qu'il leur pousse des pattes et qu'ils y aillent tout seuls ?

— C'est bon, maman, j'ai réglé le problème depuis longtemps, je porte mes jeans sans slip.

— Dans ce cas, je ne préfère pas voir ça.

Le dialogue avec porte interposée, c'est notre truc, à ma mère et à moi. L'un comme l'autre, on aime le gain de temps que ça offre. Et puis pour dire certains trucs, pas besoin de se voir. Même que parfois elle m'envoie des mails pour me demander de venir à table. C'est une habitude inscrite dans nos gènes, si ça se trouve.

En parlant de points communs et de transmission des gènes, on pouvait dire que la philosophie, c'était pas dans les spécialités familiales. À moins que mon père ait été un génie de la pensée, mais pour le savoir, il fallait déjà que je sache qui il était. Donc que ma mère accepte de m'en dire deux mots.

– Faut qu'on parle, maman.

En général, après un début comme ça, la porte ressemblait soudain à un mur de prison. Du coup je l'ai ouverte.

Ma mère était immobile devant la porte, un panier en plastique dans les bras.

– Pourquoi tu m'as appelé Aristote, maman ?
– Je te l'ai déjà dit, tu sais bien.
– Tu m'as dit que tu voulais un prénom méditerranéen, rapport au soleil, aux paysages du Sud, à mes cheveux bruns, aux chanteurs italiens, tout ça, mais dans ce cas y avait Paco, ou

Giovanni, non ? Aristote, c'est quand même... enfin... j'veux dire...

– Faut choisir dans la vie. Aristote, ça m'a plu. C'est tout.

– Moi, ce que je voudrais savoir, c'est si ça a un rapport avec... mon père.

– Ton père n'a de rapport avec rien. D'autres questions ?

– Ben. Non. Pas dans l'immédiat. Laissez-nous votre CV, nous vous recontacterons ultérieurement.

Ça a eu le mérite de la faire rire. Et j'aime bien quand elle rit. Ça lui creuse deux petits trous dans les joues. Et c'est beaucoup plus beau que la barre verticale qui lui sépare les deux sourcils quand j'aborde le sujet dont-il-ne-faut-pas-prononcer-le-nom, à savoir mon père.

J'ai déposé trois slips sales en offrande dans le panier qu'elle avait dans les bras. Ça a mis un point final à notre conversation et elle est repartie vers des contrées moins hostiles.

J'ai repris mon carnet et sous *Le développement durable est-il une solution d'avenir ?* (une question pêchée à la radio), j'ai noté : *Qui est mon père ?*

chapitre 4

Évidemment, le lendemain j'ai brandi mon carnet devant Yasmine comme un trophée de guerre.

– C'est quoi ? Un genre de journal « J'ai onze ans, je raconte ma misérable *life* en secret » ?

– Ça, tu vois, c'est ce qui va faire de moi un autre homme.

– Faudrait déjà que t'en sois un, avant d'en être un autre.

– T'es en forme, Mina.

– Vaut mieux, pour la colle qui nous attend tout à l'heure.

Là, dans un film, j'aurais pu voir ma vie en accéléré.

– J'y crois paaaas, j'avais complètement oublié !!

– Tu veux dire que t'as rien préparé sur Aristote ?

– …

– T'es vraiment un crétin, Ari, tu m'avais dit que tu t'occupais de tout ! On va faire quoi, maintenant ?

– Ben, on va… improviser. Oui. C'est ça. Improviser sur Aristote. C'est jouable. Je crois.

Mina s'est retournée, d'un coup, faisant voltiger ses cheveux frisés comme dans une pub pour le shampoing et elle est partie vers un troupeau de filles. La journée promettait d'être longue. Et les deux dernières heures (sans aucune info sur Aristote) encore plus.

En fait c'était pas si dur, d'improviser. Il suffisait de se mettre en condition. Mais Yasmine, elle, elle a tout de suite capitulé.

– J'ai pas eu le temps, monsieur, j'ai huit frères et sœurs, une grand-mère borgne et un chat muet, plus la vaisselle à faire et mon père qui nous frappe.

Avec sa blague à un euro, elle a juste gagné deux heures de colle supplémentaires. C'était franchement moyen moins comme tactique. Moi je me suis accroché et j'ai rempli une petite copie double. J'étais assez fier du résultat, et même un peu inquiet à l'idée que Prévot ne me rendrait peut-être jamais ma rédaction parce que j'aurais bien aimé la faire lire à ma mère.

À la sortie du collège, Yasmine ne me parlait toujours pas. Mais elle restait là, tout près, les yeux baissés, genre « Fais quelque chose, on va pas se quitter comme ça ».

– Mina, qu'est-ce que je peux faire pour que tu me pardonnes ?

– …

– Recopier deux cents fois « Je n'oublierai plus jamais de chercher des infos sur moi-même » ?

– …

– Kidnapper Prévot ?

– …

– Manifester devant le collège avec une pancarte « Libérez Mina » ?

Finalement je me suis tu et j'ai pensé à ce que m'avait dit mon cousin Nico pendant les vacances de Noël.

Nico, il a trois ans de plus que moi. Ce qui fait qu'au niveau des filles, il a déjà son brevet, même qu'il n'a pas eu besoin de passer les épreuves parce que, comme il dit, il l'a eu « au contrôle continu ». Nico m'a dit un jour : « Quand une fille fait la gueule mais reste là quand même, d'abord t'essayes de la faire rire et, si ça marche pas, tu la prends dans tes bras. »

Comme la pancarte « Libérez Mina » ne l'avait même pas fait sourire (alors que moi j'avais dû me retenir de me marrer, vu que rire à ses propres blagues, c'est triste), c'était le signe qu'il fallait changer de technique. Je me suis approché, un peu plus près, et j'ai passé mon bras sur son épaule. Du coup on était là, tous les deux, l'un à côté de l'autre, sans rien dire, et c'était bizarre. En fait, c'était même pire.

Je me suis mis face à Yasmine. Elle avait toujours la tête baissée. J'ai respiré un grand coup et je l'ai serrée dans mes deux bras, cette fois. Elle a niché sa tête contre mon cou et j'ai senti très fort son parfum fruits de la passion-chocolat. Ensuite on n'a plus bougé, on n'a plus parlé, pendant, je sais pas moi, au moins sept minutes. Ça m'a fait le même effet qu'un bain très chaud. Mon ventre s'est serré et j'ai senti une vague monter jusqu'à ma gorge en accéléré, comme quand on apprend un truc super triste. Sauf qu'au lieu d'avoir envie de pleurer, ça m'a donné envie de rire.

Yasmine s'est dégagée d'un coup.

– Bon, de toute façon, on s'en fout de Prévot, on va pas se faire la gueule pour ce *loser*.

J'étais un peu secoué, à cause de la vague, mais j'ai assuré à mort.

– Ouais, il mérite pas ça, franchement. On va pas lui faire ce cadeau.

Et puis on s'est quittés. Yasmine a pris le bus, moi je suis rentré à pied. Presque en volant.

chapitre 5

Je ne savais pas si on était « ensemble », Yasmine et moi. Parce que le lundi matin, c'était comme d'habitude. Comme si la vague n'avait jamais existé. On s'est fait la bise et on a parlé de l'épisode de *Monsters Killer* qui était passé la veille. On ne s'est pas pris dans les bras ou j'sais pas quoi. J'ai trouvé que c'était tant mieux. Ça m'arrangeait. Ça m'évitait d'avoir à me renseigner sur ce qu'il fallait faire quand on était « ensemble », avec une fille.

Yasmine s'est rassise à côté de moi en cours. J'allais enfin pouvoir lui parler de mon carnet. Et de l'idée trop géniale que j'avais eue juste avant de m'endormir (l'idée du millénaire, un peu).

En maths, on s'est mis tout au fond, et on s'est planqués derrière nos livres. C'était pas franchement discret, mais il fallait croire que la prof n'avait pas envie de gérer ça, parce qu'elle a fait celle qui ne remarquait rien.

J'ai expliqué à Yasmine l'histoire de l'Himalaya en pantoufles, et je lui ai montré mon carnet.

– Vas-y, lis-les, tes grandes questions, qu'on rigole.

– Ouais, alors. Bon. D'abord y a... L'amitié entre garçon et fille est-elle possible (là je crois que j'ai vraiment rougi) ? Euh... ensuite... Quel est le meilleur jeu vidéo de l'année ? Est-ce qu'il vaut mieux voir les films en 2D ou 3D ?

– C'est *Sciences et Vie Junior*, ton truc !

– ...

– Bon vas-y, continue, désolée.

– Ensuite j'ai ajouté des trucs entendus à la radio, pour faire dans l'actu. La crise financière, comment en sortir ? Et enfin, le développement durable est-il une solution d'avenir ?

— C'est tout ?

— Oui.

— Non c'est pas tout, Ari, lis la dernière question, celle qui se planque derrière ta main.

— Mais non, y a rien, t'as mal vu.

— Ariiii. Tu lis ou je demande à la prof de te réexpliquer l'addition des fractions. Là. Maintenant.

— Ça va. C'est... Qui est mon père ? Mais on s'en fout de ça.

— D'accord. Bon. On s'en fout. C'est toi qui vois.

Ensuite on n'a pas pu continuer parce que Mathieu Robinier a dit qu'on le dérangeait avec nos questions à deux centimes et que si on continuait, il allait nous casser la gueule. J'ai dû attendre la fin du cours pour parler à Yasmine de mon idée du millénaire. Et ça, c'était pas la joie, parce que j'avais vraiment envie de lui dire tout de suite.

À peine on est sortis, j'ai poussé Yasmine dans un coin du couloir.

– Attends, on va pas en français tout de suite.
– Ari, tu crois que…
– Il faut que je te dise.
– On est pas obligés, tu sais, hier, c'était comme ça. Mais moi aussi j'ai envie qu'on en parle, parce que…
– Mina, je vais créer une Agence de Philosophie.

J'ai levé les mains en l'air, pour faire comme si Agence de Philosophie était écrit sur une pancarte. Je crois que Yasmine s'attendait à autre chose parce que sur le moment, elle n'a pas eu l'air de saisir la puissance de mon idée. Elle s'est appuyée contre le mur et a commencé à tortiller une mèche de ses cheveux en regardant ses pieds. Elle était comme… disons… déçue.

– Alors ? T'en penses quoi ?
– Ouais. Coolos ton truc.
– « Coolos » ? C'est tout ? Tu trouves pas ça génial ??
– C'est juste que… je…
– Tu quoi ? Tu vas t'évanouir d'admiration ? C'est ça, hein ?

– Bon laisse tomber, Ari. Tu comprendras quand t'auras mon âge mental. Ça viendra. Avec les poils.

La deuxième sonnerie a retenti alors on a dû foncer en cours. Et quand on est entrés, il ne restait plus que des places au premier rang. Mais de toute façon, Mme Merteuil, comme c'est la prof principale, avec elle vaut mieux ne pas se cacher derrière des livres. En plus, la première semaine de la rentrée, des types de troisième nous ont dit :

– Vous voyez les orques, dans *Le Seigneur des anneaux* ? Ben Mme Merteuil, c'est pire parce qu'elle existe en vrai.

Alors Yasmine et moi, on s'est assis et on n'a plus ouvert la bouche.

chapitre 6

Le soir on a skypé, avec mon cousin Nico. Je lui ai envoyé un SMS avec le portable de ma mère et on s'est donné rendez-vous devant nos écrans à dix-neuf heures trente.

Nico : Alors ton nouveau collège, c'est comment ?
Moi : Ça va.
Nico : Le lycée c'est top par contre. Y a des filles trop belles.
Moi : J'ai une question à te poser.

Nico : Vas-y profite, cousin, c'est gratuit les trois premières minutes.

Moi : En fait, j'ai une copine. Elle s'appelle Yasmine.

Nico : Une copine qui s'appelle Yasmine ? T'as écrit une chanson, ma parole ou quoi ? Mort de rire !

Moi : C'est bon, Nico, j'vais devoir aller manger, là, j'ai pas le temps !

Nico : Vas-y, raconte.

Moi : L'autre jour, j'ai fait une connerie alors on s'est un peu fâchés. Et ensuite j'ai fait comme t'as dit, tu sais, quand l'humour ça marche pas.

Nico : Bien ouéj, cousin, t'as sorti les mains de tes poches !

Moi : Ouais, et t'avais raison. On est encore potes du coup. Sauf que depuis, elle est un peu zarbi, Yasmine.

Nico : Elle te veut pour elle toute seule ?

Moi : Non, j'sais pas, c'est comme avant, sauf que…

Nico : Comme avant ?? Tu veux dire que vous êtes juste amis, quoi ? Tu lui fais la bise et tu lui parles encore de *Monsters Killer* et tout ?

Moi : Comment t'as deviné, pour *Monsters Killer* ??!

Nico : Ari, mon petit, l'heure est grave, faut que tu passes à l'action. Sinon, ta Yasmine, elle va se barrer sur le tapis volant d'un autre.

J'aurais bien aimé qu'il développe, Nico. Parce que le coup de l'action, ça, j'avais pas compris. En plus, il souriait et ça n'allait pas du tout avec « l'heure est grave ». Mais l'image était peut-être décalée par rapport au son. Skype, ça fait ça, des fois.

Bref, maman m'a appelé pour passer à table et j'ai dû éteindre l'ordi. Mais je n'avais qu'une envie : retourner dans ma chambre pour réfléchir à tout ça.

— T'as pas faim, Aristote ?
— Pas trop en fait.
— Ça va, au collège ? Tu t'es fait des amis ?
— Ça va. Normal, quoi.
— Ça veut dire quoi, normal ?
— Maman, c'est bon, j'ai pas envie de discuter, là.
— Okay. Pose ta fourchette. Plan Orsec.

Quand maman dit « Plan Orsec », ça veut dire « On arrête tout, on va dans ta chambre, on s'allonge sur ton lit et on en parle ». Au début, je croyais que le plan Hors Sec c'était un code pour les secouristes en mer. Et je ne voyais pas le rapport avec moi. Mais un jour j'ai fait des recherches sur Internet et j'ai lu ça :

Le dispositif Orsec désigne les plans d'urgence pour la gestion des catastrophes à moyens dépassés. Et, un peu plus loin : *C'est un système de gestion de la crise.*

Alors j'ai fini par comprendre deux choses.

D'abord que ma mère, elle a de l'humour. Les catastrophes à moyens dépassés, c'est quand on n'a plus les moyens de faire face. Pour maman, c'est quand j'ai une drôle de tête et quand je n'ai pas envie d'en parler.

L'autre chose que j'ai captée, c'est que ma mère ne peut gérer la crise que d'une seule façon : me faire un câlin comme quand j'avais, genre, sept ans. Le pire, c'est que ça marche à tous les coups.

– Raconte, mon chat.
– Y a plusieurs choses, en fait.

– On a tout notre temps. Aujourd'hui j'ai fait du tout prêt, alors un ou deux réchauffages, hein…

– Tu fais toujours du tout prêt, maman.

– Bon, on n'est pas là pour parler gastronomie, si ?

– C'est cette fille, Yasmine. On ne se quitte plus depuis la rentrée.

– Tu veux dire, depuis une semaine, donc.

– Déjà ??! Ouais, une semaine, alors.

– Et que se passe-t-il avec cette Imane ?

– Yasmine. Il se passe qu'il y a un truc, entre nous. Mais je sais pas encore quoi. J'en ai parlé à Nico tout à l'heure. Il m'a dit que je devais passer à l'action.

– Alors, d'abord, ton cousin, pour les questions de cœur, tu l'oublies, Aristote.

– Mais c'est pas une question de cœur, c'est juste que les filles, ben… c'est pas facile à comprendre, quoi.

– Je pense juste que tu te poses trop de questions, que ça ne fait qu'une semaine que vous vous connaissez, elle et toi, que le collège c'est nouveau pour toi, que tu as perdu tes repères, et qu'en une semaine, personne n'est facile à comprendre. Ne t'inquiète pas, mon chat, laisse passer un peu de temps, tu verras, ça va s'éclaircir.

– Yasmine m'a dit que je comprendrai quand j'aurai des poils.

Je crois n'avoir jamais vu ma mère se marrer autant. C'était comme si elle avait entendu le meilleur sketch de Florence Foresti. Elle a dû partir chercher un mouchoir pour essuyer ses larmes. Et quand elle est revenue dans ma chambre, elle en pleurait encore.

– Okay, ben merci, maman, c'est super réconfortant.

– Non mais, excuse-moi, mon chat, c'est juste que ta Yasmine, elle a une sacrée répartie.

– Laisse tomber.

– L'autre truc, sinon, c'était quoi ?

– Non, rien, on abordera le deuxième sujet un autre jour. J'ai super faim, maintenant. Allez, t'inquiète maman, ça va.

Ensuite j'ai pensé : l'Agence de Philosophie, on va éviter d'en faire un truc drôle.

chapitre 7

Après avoir lu le livre *Vous aussi devenez créateur d'entreprise* (que son père avait acheté quand il s'était retrouvé au chômage), Yasmine avait élaboré le plan suivant :
1 - Définir le rôle de l'Agence de Philosophie
2 - Tester nos capacités
3 - Communiquer
4 - Consolider l'Agence
5 - Voir plus grand

Elle était vraiment bizarre, Yasmine. Un jour elle trouvait mon idée juste « coolos » et une semaine plus tard, alors qu'on n'en avait même pas reparlé, elle se la jouait Napoléon le stratège, avec sa carte du monde et ses petits soldats.

— Tu comprends, Ari, moi je veux bien t'aider, mais faut être des pros. Ton idée c'est quoi, exactement ? À part escalader l'Himalaya en tongs ?

— En pantoufles.

— Bref. C'est quoi le principe ?

— Mon idée, c'est de répondre aux questions que les autres se posent. Comme un philosophe, quoi.

— Sauf qu'un philosophe, ça se retrouve en robe tellement ça peut pas se payer de fringues.

— Comment tu sais qu'Aristote portait des robes ?

— J'ai vu des photos. Enfin des photos de dessins. J'sais plus. En tout cas, toi, tu vas pas faire ça gratos, hein.

— Ouais. C'est clair.

— Et moi je prends cinquante pour cent.

— Quoi ?

— Je prends la moitié de ce que tu gagnes. Ça veut dire ça, cinquante pour cent, Einstein. Et en échange, je t'aide à trouver des clients, je fais

de la pub, tout ça. Avec tous les potes que j'ai, Ari, dans un an, on s'achète Disneyland.
— Okay. Ça le fait. J'suis partant.

Le rôle de l'Agence, on l'a vite rédigé.

L'Agence de Philosophie : vous avez des questions ? Aristote apporte des réponses. Satisfait ou remboursé.

Le « satisfait ou remboursé », c'est moi qui l'ai ajouté, parce que je n'étais pas très sûr d'être aussi fort que ça. Yasmine a dit que si ça pouvait me rassurer, après tout, ça n'était pas très grave, qu'on l'enlèverait après.

Ensuite, on a fait le test de nos capacités avec Mathieu Robinier. On s'est dit que plus difficile à satisfaire que lui, y avait pas, parce qu'il savait à peu près tout et qu'il n'était pas du genre marrant. Après lui avoir expliqué vite fait ce qu'était l'Agence de Philosophie, on lui a demandé de réfléchir à une question. On lui a dit que la première question était gratis, histoire de le décider.

Une heure plus tard, il est arrivé vers moi en disant :
— Qui va gagner la Coupe des Champions ?

J'ai soupiré.

– Mathieu, je m'appelle Ari-stote, pas Harry Potter, je ne peux pas deviner l'avenir. Pose-moi un autre genre de question.

– Bon OK alors... je sais pas... mais... tu crois que Yasmine sortirait avec moi ?

Sur le coup, ça m'a fait le même effet que si M. Prévot m'avait annoncé : « Je suis ton père. » J'ai mis quelques secondes à m'en remettre.

– Euh, alors d'accord, je répondrai à ça. On dit... vendredi ? Après la cantine ? Près du portail ?

– C'est comme chez le docteur, hein, tu es lié par le secret professionnel. Tu n'en parles à personne. Même pas à Yasmine. Tu te débrouilles pour répondre sans elle. Et je veux une réponse écrite.

Finalement, le résultat de la Coupe des Champions, c'était moins dur, comme question. Et on pouvait dire qu'il en profitait, Mathieu, du test des capacités. Si j'arrivais à répondre à ça, sûr que je pouvais répondre à tout.

Les clefs de la philosophie, d'après ce que j'ai lu, sont l'observation et la logique. Question observation, ça ne devrait pas être compliqué, vu que Yasmine et moi, on a créé une entreprise et qu'on est donc associés (voir le chapitre « Vous préférez le travail en équipe ? » de *Vous aussi devenez créateur d'entreprise*).

Question logique, par contre, j'ai dû me renseigner. Je suis encore tombé sur un mot en grec mort. *Logos*. La raison. Je n'ai pas lu tout l'article parce que c'était long et plein de mots énervants comme « argumentation ». Mais j'ai compris un truc important. C'est que la logique, c'est quand on peut mettre « donc ».

Par exemple : Mathieu Robinier rentre ses tee-shirts dans ses jeans, DONC Mathieu Robinier n'y connaît rien à la mode.

Aristote, le vrai, c'est le pro de la logique. Il a même inventé un truc incroyable : le syllogisme (rien que le mot, déjà, ça fait peur). C'est quand on fait de la logique avec trois phrases. Comme : Mathieu Robinier rentre ses tee-shirts dans ses jeans. On ne rentre pas son tee-shirt dans son jean quand on s'y connaît en mode. DONC Mathieu Robinier n'y connaît rien à la mode.

La conclusion est la même, mais elle est beaucoup plus solide. C'est de la démonstration de compét'.

Sauf que le syllogisme, quand on le suit jusqu'au bout, ça donne aussi des trucs pas nets. Genre : tout ce qui est rare est cher (comme la carte Pokemon XP Glumorac évolution 3 que j'ai achetée sur ebay et qui m'a coûté deux mois d'argent de poche). Un cheval bon marché est rare (en même temps, y en a pas beaucoup non plus, des acheteurs de chevaux). DONC un cheval bon marché est cher. Ce qui, évidemment, n'est pas possible, puisque « bon marché », c'est le contraire de « cher » (d'ailleurs, aujourd'hui, on ne dit plus « bon marché », on dit juste « pas cher »).

Ça peut donner des trucs marrants, aussi. Comme : tous les cafards sont mortels. Or M. Prévot est mortel. DONC M. Prévot est un cafard (mais ça marche aussi avec les autres animaux).

Bref, je devais donc observer Yasmine et Mathieu Robinier, et fabriquer de la logique avec. Enfin. C'est ce que j'aurais dû faire, si j'avais vraiment eu envie de répondre à la question Yasmine sortirait-elle avec Mathieu Robinier ? Mais comme j'avais trop peur que la réponse soit oui, j'ai plutôt décidé de faire à mon idée. Et la logique, on verrait après.

chapitre 8

Le jeudi soir, j'ai laissé tomber mes devoirs pour rédiger le premier rapport de l'Agence de Philosophie. J'étais un peu nerveux parce que c'était quand même mon avenir qui se jouait dans cette copie simple.

– Aristote, tu viens m'aider à déplacer le canapé ? Je voudrais faire la poussière.

Voilà. Ma mère c'est ça. Elle a envie de faire la poussière un jeudi soir à dix-huit heures. La veille du jour le plus important de ma vie. C'est pour ça que les idées de génie se concrétisent rarement quand on vit encore chez ses parents. Et que Facebook ou Google ont été inventés à l'université. Parce que rester dans le génie, quand on entend « Je voudrais faire la poussière » ou « Tu sors les poubelles, mon chat ? », ça brise l'élan de l'idée qui décolle.

En syllogisme, ça donne : les idées de génie naissent dans le silence et la concentration. Crier « Tu viens m'aider à déplacer le canapé » empêche le silence et la concentration. DONC les idées de génie ne naissent pas si on aide sa mère à déplacer le canapé.

Je suis sorti de ma chambre et j'ai expliqué à ma mère ce qu'était un syllogisme. Elle n'a rien répondu et elle est restée là, penchée en avant, le canapé dans les mains. J'aurais sans doute dû donner des exemples, mais ça aurait pris trop de temps. Je suis reparti en essayant d'oublier l'incident et j'ai commencé mon rapport. Sauf que cinq minutes après, j'ai entendu :

– Je n'arrive pas à soulever seule plus de vingt kilos. Le canapé pèse plus de vingt kilos. DONC je n'arrive pas à soulever seule le canapé.

Et comme on ne peut pas lutter contre un vrai syllogisme, j'ai ouvert ma porte et je suis retourné dans le salon. Ma mère avait reposé le canapé.

– Tu faisais tes devoirs ?

– Disons que j'essayais de commencer.

– C'est quoi ? Je peux te donner un coup de main si tu veux.

– Non ça va. C'est de la science. T'y connais rien. Et puis la poussière, ça n'attend pas.

– Dis donc, toi, n'oublie pas que ta mère a eu son bac, quand même.

Non, ça, je n'oublie pas. Le bac avec mention. Deux ans de psychologie à l'université. Le trou noir d'un an (sans doute la vie avec mon père). Les concours avec un petit Aristote sous le bras. Les années nounou au noir (au noir ça veut pas dire dans une cave, on m'a expliqué ça un jour, ça veut dire en cachette). Et puis finalement, le secrétariat chez Beaumont et Fils, entreprise de maçonnerie et pose de carrelage.

Je n'oublie pas les années de galère, toute seule avec moi en bandoulière. Les réflexions de papi et mamie, sur le mode « T'aurais pu réfléchir un peu avant de faire un gosse », tous ces trucs que les adultes croient toujours qu'on n'entend pas parce qu'on est petit et trop occupé à jouer avec des cubes.

Alors quand mon Agence de Philosophie aura son site web et que je serai devenu multimillionnaire, on oubliera ces années-là dans une villa de mille mètres carrés avec piscine à bulles et vue sur l'océan.

– Je sais que tu as eu ton bac, maman. C'était pour rire. Bon, on lui fait sa fête, à ce canapé ?

Le dépoussiérage s'est poursuivi par une compétition de motos cross sur la console du salon. Ensuite, maman a fait chauffer un hachis (c'est super long, on a fait au moins dix circuits de plus). J'ai fini champion de France de rallye routier, ce qui était pas mal pour un jeudi soir.

Il était neuf heures quand je suis retourné dans ma chambre. Pour les devoirs, de toute façon, c'était mort. Il me restait à peu près une heure de neurones disponibles et je devais me concentrer sur le plus important : le premier rapport de l'Agence de Philosophie.

chapitre 9

À 13 heures, Mathieu Robinier était à la grille. Je lui ai tendu fièrement deux feuilles et j'ai dit :
— Y a une enquête de satisfaction aussi, tu pourras la remplir ?

Et puis je suis parti rejoindre Yasmine qui m'attendait sur un banc.
— Alors, c'est quoi sa question, à ce gros naze ?
— Le secret professionnel m'interdit d'en parler à qui que ce soit.

– Et puis quoi encore ? On est associés, je te rappelle.

– De toute façon, j'ai déjà écrit mon rapport. Je viens de lui donner.

– Ari, je DOIS savoir.

– Non mais... c'est... enfin... un peu spécial, quoi.

– Donne.

– Je sais pas si...

– Ari, je suis à deux secondes de ne plus jamais te parler.

– OK, je ne prends pas le risque. Mais tu ne lui dis rien, ça reste entre nous, ici, sur ce banc.

– ARIIIIII !

– Bon. Sa question, c'était : Est-ce que Yasmine sortirait avec moi ?

– ...

– Tu vois, j'aurais pas dû te le dire. Maintenant t'as perdu l'usage d'une partie de ton cerveau.

– Mais quel débile ce Mathieu ! Et t'as répondu quoi ?

– Tiens, j'ai fait une copie du rapport. T'as qu'à le lire.

Entre le moment où elle a attrapé la page et le moment où elle a posé ses yeux dessus, j'ai eu droit à « C'était pas la peine de faire toute cette histoire », et « Tu me refais un coup pareil, je te fais manger ta flûte à bec ».

Et puis elle a lu.
Ses joues sont devenues roses.
Elle a tortillé sa mèche.
Et elle a laissé tomber la feuille qui a virevolté jusqu'à mes pieds.

Agence de Philosophie.
(Y. Bensader et A. Delcourt, associés)
Yasmine sortirait-elle avec Mathieu Robinier ?
par Aristote Delcourt
Remarque : la première question est gratuite. La prochaine sera facturée dix euros.

Observation n° 1 : Yasmine est intelligente, stylée, drôle, et jolie.
Observation n° 2 : Mathieu Robinier est sérieux, peu soucieux de la mode, et n'aime pas qu'on bavarde en cours.

Syllogisme n° 1 :

Les gens drôles n'aiment pas les gens sérieux. Yasmine Bensader est drôle. DONC Yasmine Bensader n'aime pas les gens sérieux.

Syllogisme n° 2 :

Les gens stylés se soucient de la mode. Yasmine Bensader est stylée. DONC Yasmine Bensader se soucie de la mode.

Syllogisme n° 3 :

Mathieu Robinier n'aime pas qu'on bavarde en cours. Yasmine Bensader bavarde en cours. DONC Mathieu Robinier n'aime pas Yasmine Bensader.

Pour toutes ces raisons, prouvées par la philosophie, il apparaît que Yasmine Bensader ne sortirait pas du tout avec Mathieu Robinier. De même que Mathieu Robinier ne sortirait pas du tout avec Yasmine Bensader s'il prenait la peine d'y réfléchir dix minutes.

Sans compter que Yasmine est une étoile brillant dans le ciel sans fond de la sixième 3.

C'est peut-être le ciel sans fond qui lui a fait un drôle d'effet à Yasmine. Elle a ramassé la feuille, me l'a rendue en souriant et n'a rien dit. Décidément, les filles, c'est bizarre.

Je n'ai pas cherché à en savoir plus (il m'a semblé que c'était dangereux), et comme c'était plus que l'heure, on a couru en cours.

Quand on a retrouvé Mathieu Robinier, debout face à Prévot, Yasmine et moi, on a pas tout de suite compris. On a cru qu'il faisait son fayot, comme d'habitude, qu'il lui parlait d'un morceau de Mozart ou d'un vieux truc du genre.

Mais Prévot s'est mis à agiter deux feuilles juste devant nous, en souriant comme une hyène, et on a reconnu le rapport et le questionnaire de l'Agence de Philosophie. J'ai cru que mon sang allait se transformer en Mister Freeze.

– Bensader, Delcourt, vous viendrez me voir après le cours. On parlera de vos talents.

Mathieu est allé s'asseoir avec sa face de traître. Et là j'ai pas résisté.

Je me suis jeté sur lui les deux poings en avant. Yasmine a crié. Tout le monde s'est levé pour regarder. J'en ai même entendu qui lançaient des paris. Prévot m'a attrapé par-derrière et j'ai continué à cogner. Dans tous les sens. Sans vraiment regarder.

Ça s'est fini dans le bureau de la principale. Prévot avec un mouchoir plein de sang sous le pif, moi avec la lèvre ouverte. On n'a jamais su qui avait gagné. Pas Mathieu en tout cas, lui, il s'est défilé vite fait quand il m'a vu arriver. Mais j'avais appris un truc : pour un prof de musique, Prévot, il avait de sacrés réflexes. Je commençais presque à lui trouver des qualités.

Mme Monet, la principale, elle n'avait pas l'air d'apprécier la surprise. Elle faisait rouler un crayon de papier sur son bureau d'une main, et se grattait la tête de l'autre.

– Bon… c'est une situation très très très gênante (elle a dit trois fois « très », comme ça). Bien sûr, il est inexcusable qu'un professeur frappe un de ses élèves… mais il y a la légitime défense, je suppose. Il va falloir que je prévienne ta mère, Aristote.

– Non mais sinon, on oublie tout, hein, c'est pas grave, je ne porterai pas plainte. Et puis ma mère, elle est d'accord avec moi en général.

Elle n'a pas dû entendre mon petit discours, la principale, parce qu'elle a décroché son téléphone quand même. Ça me faisait super bizarre de penser qu'à cet instant précis, maman ne savait pas encore qu'on était en train de l'appeler. Je pouvais entendre la sonnerie sortir de l'oreille de Mme Monet. Et j'imaginais maman dans son bureau chez Beaumont et Fils, entreprise de maçonnerie et pose de carrelage, en train d'agrafer des factures.

Finalement, Mme Monet est tombée sur un répondeur. Elle a laissé un message pathétique du genre : « Mme Delcourt ? Euh… oui alors euh… je suis Mme Monet, la principale du collège Aristide-Briand. J'aimerais que vous me rappeliez dès que possible. Rien de grave, rassurez-vous. Enfin. Non, rien de grave, je suppose, oui, disons cela. Quoi qu'il en soit, rappelez-moi vite. »

Si ça avait été moi, j'aurais dit les choses plus simplement.

J'aurais dit : « Maman, tu peux me rappeler ? Le prof de musique et moi on s'est bagarrés, mais je crois qu'on va s'arrêter là vu qu'on est chez

Mme Monet, la principale. Bisous, à tout'. » Dommage que je n'aie pas pu lui laisser un message moi-même. Elle l'aurait sûrement trouvé plus clair.

chapitre 10

À la sortie du collège, ma mère était là. Elle m'a vu arriver et elle s'est précipitée comme si j'avais frôlé la mort. J'ai fait signe discrétos à Yasmine qu'il valait mieux qu'elle ne traîne pas dans le coin.

– Ça va mon chat ? Tu n'as pas trop mal ? T'as une de ces têtes… Tu vas tout me raconter, hein, j'ai parlé à la principale au téléphone, je dois la voir demain. On va pas se laisser faire.

– De quoi tu parles, maman ?

– Ben, ce M. Prévot, là, qui tape sur les gosses, on va pas se laisser faire.

Là il a fallu que j'explique calmement à maman que j'avais commencé. Enfin que Mathieu Robinier avait commencé mais que juste après c'était moi. Que c'était à cause de la question sur Yasmine (la fille de l'histoire des poils) et qu'il m'avait trop énervé. Qu'ensuite, dans l'action, j'avais filé un coup de poing à Prévot et qu'il avait répondu sans doute par réflexe.

Maman m'a regardé avec un sourcil plus haut que l'autre et elle a dit :

– Tout de même. Un enfant ne devrait pas revenir de son cours de musique avec la lèvre ouverte.

C'est sûr, elle n'avait pas tort, maman. D'autant que pour la flûte à bec, c'était pas idéal d'avoir la bouche en sang.

Nico était à la maison quand on est arrivés. Maman l'avait invité pour me réconforter. Mon cousin, et une soirée pizza devant un film de science-fiction. Ça valait largement le coup de se battre avec un prof de musique. Mais je ne l'ai pas dit à ma mère, sinon elle allait penser que ça me donnerait envie de recommencer. Les mères, ça pense ce genre de trucs. Peut-être parce qu'elles ne maîtrisent pas assez bien les syllogismes.

Heureusement qu'il y avait un film, parce que sinon je crois que Nico n'aurait fait que parler de la bagarre. Même qu'au bout d'un moment, maman en a eu marre et elle lui a donné l'ordre de parler d'autre chose. Mais Nico n'a pas réussi. Alors elle lui a dit de se taire. Mais de temps en temps, c'était plus fort que lui, il me donnait un coup de coude et chuchotait :

– Trop stylé, n'empêche. Trop.

Moi, je ne pouvais pas m'empêcher de me demander si Prévot avait aussi eu droit à un cousin et à un film. Je me sentais un peu coupable. Parce qu'après tout, c'était Mathieu Robinier le traître. Il ne fallait pas l'oublier. C'est lui qui aurait dû saigner du nez et se retrouver chez Mme Monet.

En tout cas, le lendemain, au collège, il s'est passé quelque chose de super étrange.

On s'est mis (pas juste Prévot ou Mathieu Robinier, non, *on*, tout le monde, quoi, mais sans que je puisse vraiment dire qui) à me regarder différemment.

Au début j'ai cru qu'*on* avait pitié de moi, rapport au bureau de Mme Monet et au rendez-vous avec ma mère qu'*on* avait dû apprendre d'une façon ou d'une autre. Mais j'avais tout faux puisque Yasmine m'a dit :

— Ari, t'es le héros des sixièmes 3 et même des sixièmes tout court parce que Mélanie de notre classe a dit à Leïla Benmezid qu'elle te trouvait stylé (enfin c'est ce que m'a raconté Mathilde de la sixième 2).

— Ouais mais le problème, c'est que ma mère veut faire la révolution et couper des têtes. Elle a rendez-vous avec la principale. Alors votre héros, il va passer un sale moment. Pas sûr qu'il en ressorte en un seul morceau. Je deviendrai peut-être carrément un héros mort vers 14 heures, quoi.

— C'est chaud.
— Comme tu dis.
— Et sinon… pour le rapport…
— Prévot l'a donné à Mme Monet.

– Non, je voulais dire… enfin j'ai beaucoup aimé. Surtout le coup de l'étoile qui brille. Tu le penses vraiment, ça, que je suis une étoile qui brille ?

Je ne sais pas ce qui s'est passé. La seule réponse que j'ai trouvée était impossible à dire avec des mots.

Alors j'ai pris Yasmine dans mes bras. Et je l'ai embrassée. Comme ça, dans la cour, devant tout le monde.

Elle n'a pas lutté. Et j'ai senti encore une fois son merveilleux parfum fruits de la passion-chocolat. On est restés l'un contre l'autre et puis j'ai dit :

– On est ensemble, maintenant, c'est ça ?

Yasmine a ri. Je n'ai pas cherché à comprendre. J'étais bien, c'est tout. Je pouvais affronter toutes les révolutions du monde, à commencer par celle de 14 heures.

chapitre 11

Ça a commencé comme ça. Direct. Ma mère est entrée dans le bureau et elle s'est mise à hurler.

– C'est inadmissible, monsieur !

– Mais, votre fils a…

– Vous accusez un enfant de onze ans que vous avez défiguré ??

– Défiguré ? Et moi alors ! J'ai deux jours d'arrêt de travail, je ne devrais même pas être là !

– Ça, vous ne devriez pas être là, dans ce collège, et sur cette Terre, tout court.

Moi, je ne savais pas où me mettre. J'avais un peu peur que Prévot me retape dessus alors je me suis collé à Mme Monet. Mais elle s'est levée d'un coup, sans prévenir.

— Madame, il va falloir vous calmer ! On va reprendre les choses dans l'ordre. À commencer par le fait que votre fils a violemment agressé un de ses camarades (là, quand elle a dit « camarade », j'ai levé le doigt pour protester mais ma mère m'a fait signe d'éviter). Pour faire simple, c'est Aristote qui a commencé. Il porte l'entière responsabilité de ce qui s'est passé. D'autre part, il y a ça.

Les deux feuilles que j'avais données à Mathieu Robinier et qui s'étaient ensuite retrouvées entre les mains de Prévot étaient là. Juste devant ma mère.

— Madame, votre fils et son amie, Yasmine Bensader, avaient l'intention de monnayer leurs services.

Maman a blêmi. Elle a pris le rapport de l'Agence de Philosophie et s'est mise à le lire. J'ai vu qu'elle reprenait des couleurs. J'ai même aperçu les deux petits trous, dans ses joues. Mais ça, personne d'autre ne l'a remarqué parce qu'ils étaient vraiment petits et qu'il fallait de l'entraînement pour les voir.

– Bon. Et alors ? a dit maman.
– Et alors ? Et alors ?? Mais enfin madame, le collège, ça n'est pas la Foire du Trône !

Elle a dit la Foire du Trône. Et moi j'ai explosé de rire parce que j'ai cru que le trône de la Foire du Trône, c'était les W.-C. Et que la Foire du Trône, c'était un peu comme ce truc qu'avait dit Nico un jour en me voyant sortir des toilettes en caleçon (c'était le matin, je venais de me lever) : « C'est la fête du slip ou quoi ? »

Je me suis mis à me marrer de plus en plus. Je n'arrivais plus à parler. Et c'est là que maman a commencé à rigoler elle aussi. Mais comme elle était super gênée, elle a mis sa main devant la bouche et a dit :

– C'est ner... veux !

Ensuite, elle a continué à se marrer. Et moi ça m'a fait rire encore plus. La principale avait la bouche ouverte mais aucun son ne sortait.

Je crois qu'elle hésitait entre la colère et la surprise. Le mélange des deux lui faisait une drôle de tête.

M. Prévot a quitté le bureau en claquant la porte et ça nous a calmés. On s'est retrouvés dans un grand silence. Maman m'a tendu un mouchoir. Mme Monet a soupiré. Et la révolution s'est terminée. Comme ça.

Maman a accepté de ne pas porter plainte. Mme Monet a dit que je devais faire mes excuses à Prévot, et que je serai exclu une journée à compter de maintenant, pour l'exemple. Parce qu'il ne fallait pas que les autres élèves croient que mon attitude était restée impunie. Que sinon ce collège deviendrait un « champ de bataille incontrôlable » (pour elle c'était sans doute mieux que la Foire du Trône).

Ensuite on a longtemps cherché Prévot. Mais il n'était nulle part. Ni dans la salle de musique, ni dans la salle des profs, ni dans la cour. Nulle part. Disparu.

Alors maman et moi on est sortis du collège, et c'est là qu'on l'a vu, Prévot, tout seul, comme ça devant la grille. Comme s'il attendait ses parents.

Ma mère m'a donné un petit coup de coude l'air de dire : « Vas-y, tu sais ce que tu as à faire. » Alors je me suis approché.

En le voyant, avec son nez tout bleu et son air triste, j'ai eu vraiment envie de lui faire mes excuses. D'autant qu'un héros, ça pardonne, normalement. C'est ce qui représente le bien sur Terre, un peu.

— Bon, vous allez croire que je fais ça parce que Mme Monet m'y a obligé mais en fait, non. Je suis vraiment de chez vraiment désolé. Pour le mot du premier jour, pour le coup de poing parti tout seul, et tout.

Prévot est resté silencieux. Il m'a juste tendu une feuille. J'ai cru que c'était encore une copie du rapport de l'Agence de Philosophie, mais non. C'était ma dissertation sur Aristote écrite pendant les deux heures de colle. Celle que je voulais faire lire à ma mère.

Je sais pas ce qui m'a pris, mais en prenant ma copie, j'ai dit :

— Ça vous a plu, alors ?

Et j'aurais pas dû parce que j'ai vu ses sourcils se rapprocher et il a juste répondu :

— J'en ai assez entendu pour aujourd'hui.

Y avait quelque chose dans son ton qui m'a fait dire qu'on était quitte. Qu'on pouvait repartir sur de nouvelles bases. Bon, pas forcément très amicales, mais nouvelles, en tout cas.

J'ai pas insisté et je suis retourné avec ma mère. En marchant j'ai baissé les yeux et sur la feuille j'ai vu, écrit au stylo rouge : *Vous faites décidément preuve d'une grande imagination. Bon devoir cependant.*

J'étais tellement scié que je ne me suis pas arrêté en passant devant ma mère. Elle m'a attrapé par l'épaule en disant :

— Alors ? C'est réglé, mon chéri ?

J'ai plié la copie en quatre et je l'ai rangée dans ma poche.

— Super réglé, maman. Mission accomplie, même.

— Tant mieux. Allez, on rentre.

J'aurais bien aimé dire au revoir à Yasmine mais elle était en anglais et maman ne voulait pas attendre. Depuis qu'on était ensemble (depuis ce matin à 7 heures 54), Yasmine et moi, je n'avais plus envie de la quitter. Même pas une heure. Et encore moins un jour et demi. J'avais envie de rester enroulé dans son parfum, comme dans une couverture toute douce. Du coup, je suis parti le cœur dans les chaussettes.

chapitre 12

Dans la voiture, maman s'est mise à parler en regardant droit devant elle, comme si elle était toute seule. C'était mauvais signe parce qu'elle faisait toujours ça quand elle avait quelque chose à m'avouer. La dernière fois c'était quand elle avait donné mon vaisseau Star-Cruise au fils d'une collègue parce qu'elle pensait que je ne m'en servais plus.

– Bon, mon chat, c'est quoi cette histoire d'Agence de Philosophie ?

– Oh, ça, c'est… juste un projet qu'on avait Yasmine et moi. C'était pas vraiment pour l'argent, au départ. J'ai voulu savoir qui était Aristote, et ça m'a donné cette idée. On s'est dit qu'on en profiterait un peu pour devenir riches, en plus de célèbres. Mais… je crois qu'on va s'arrêter là. Parce que de toute façon…

– De toute façon ?

– On a d'autres trucs à faire, maintenant, Yasmine et moi. Vu que depuis ce matin on est ensemble. Alors tu comprends, tout a changé. Enfin. Je crois.

Maman a eu l'air très émue, quand j'ai dit ça. Elle m'a regardé fixement avec ses yeux de « Mon fils devient grand ». Un peu comme le premier jour où j'ai réclamé des boxers à la place des slips.

– Bon, il faut que je te parle de quelque chose.

Voilà, on y était au regard perdu dans le lointain qui annonçait une chose inavouable.

– J'aime pas quand tu dis ça, maman.

– J'ai rangé ton bureau, l'autre jour, parce que je cherchais mon agrafeuse.

J'ai relâché tout l'air que je retenais depuis le « quelque chose ». Ça a fait un bruit de ballon de baudruche qu'on laisse se dégonfler.

— C'est tout ? T'inquiète, je remettrai un peu de désordre plus tard. Tu m'as fait peur, maman. Grave.

— … Ça n'est pas tout, Aristote. Je suis tombée sur ton carnet. Je sais, je n'aurais pas dû le lire. Mais la dernière fois, tu es parti dans ta chambre sans m'expliquer à quoi il devait servir. Alors… j'ai été curieuse. Voilà.

— On est d'accord que le coup de l'agrafeuse, c'est n'importe quoi. Et on est d'accord que c'est pas bien, ça, de fouiller dans mes affaires.

— On est d'accord. Et j'espère que tu me pardonneras.

— Faut voir. Ça va sans doute se monnayer en heures de console.

— Aristote, j'ai lu tes questions. Et je voudrais qu'on parle de la toute dernière.

— Celle sur le développement durable ? Tu préfères pas plutôt celle sur l'amitié entre garçons et filles ?

— Non, je veux parler de celle sur ton père.

– Mais c'est un secret, mon père, tu te souviens.

– Oui, j'ai eu tort d'en faire un sujet interdit. Et maintenant c'est à moi de te poser une question difficile.

– Toi ? Mais t'es une mère, tu sais tout !

– Non je ne sais pas tout. Notamment concernant certaines choses. Peut-être justement parce que je suis une mère. Et qu'une mère, parfois, ça aimerait pouvoir tout remplacer alors que ça ne peut pas.

– D'accord. Alors c'est quoi, ta grande question ?

– Sachant que ton père n'a jamais voulu te voir, est-ce que tu serais vraiment plus heureux si tu savais qui il est ?

– Présenté comme ça, c'est gai.

– Je sais, c'est un peu brutal. Et tu n'es pas obligé de répondre à cette question. Mais si tu as envie d'y réfléchir et si tu décides de répondre par oui, alors, je te donnerai son nom et son adresse. Quelle que soit ta réponse, tu n'auras rien à m'expliquer. Je respecterai ton choix. Je te demande juste d'y penser quelques jours. Sérieusement.

– Je suppose que c'est une première question gratuite ?
– Ari, enfin !
– Je rigole, maman, détends-toi.

chapitre 13

J'y ai réfléchi des heures.
Des jours.
Et des nuits.
À la grande question. Sans jamais réussir à répondre vraiment. D'abord ça m'a plutôt donné envie de poser d'autres questions. Comme « Pourquoi mon père n'a jamais eu envie de me voir ? » ou « Est-ce qu'il est parti avant ou après ma naissance ? »

Et puis j'ai compris pourquoi ma mère n'avait pas donné plus de détails. C'est vrai, après tout, ça servait à rien les « pourquoi » et les « est-ce que ». Mon père n'avait jamais voulu me voir. Point. Je n'allais quand même pas lui chercher des excuses.

Entre-temps je suis retourné au collège. On ne me regardait plus comme le héros des sixièmes. On était retourné à son train-train. On m'avait déjà oublié. Sauf Yasmine qui est arrivée vers moi en disant :

— N'empêche c'était trop vide, le collège, sans toi.

— Toi aussi tu m'as manqué, Mina.

On s'est embrassés. Ça avait l'air parfaitement normal. Et j'ai su qu'on avait franchi la frontière. Qu'on était complètement ensemble. C'était bien, comme certitude.

— Mina, ça te va si on laisse tomber l'Agence ?

— Je suppose que oui.

— Tant pis pour l'Himalaya, hein.

— En même temps, moi j'essaye pas d'être la fille d'un sultan, tu vois. Je fais avec. Et ça se peut de faire avec son prénom et sa vie, tu sais.

— Il faut que je te parle d'un truc.

— J'te préviens, Ari, j'ai plus le bouquin sur la création d'entreprise.

– C'est pas ça. Ma mère m'a demandé si je voulais savoir qui était mon père. Mais elle a précisé « Sachant qu'il n'a jamais voulu te voir ».

– Mortel, Ari.

Yasmine a accepté de m'aider et on s'est mis à partager le poids de cette question. D'abord sans vraiment en parler. Juste parce que ça me soulageait de savoir qu'elle aussi, elle y pensait.

Un jour, juste avant les vacances de la Toussaint, on a fini plus tôt que prévu, parce que Mme Merteuil était absente. Alors on n'a rien dit à nos parents et on est allés dans un parc tout près du collège.

On s'est assis sur un banc et on a regardé les gens qui passaient. Y avait un peu de tout. Des familles, des vieux, des nounous avec des grappes de mômes tout autour. Et puis j'ai vu un homme seul juste en face de nous.

– Mina, imagine, c'est lui, mon père.

– Ça se pourrait n'empêche. Il te ressemble pas mal.

– Je crois que ça me suffirait de savoir que c'est lui. De savoir qu'il existe. Qu'il a une tête et un nom. C'est tout.

– Eh ben voilà, tu l'as, la réponse à la grande question.

Ensuite Yasmine est venue se blottir contre moi. J'étais tout secoué de ce qu'elle venait de dire parce que je ne m'étais même pas rendu compte qu'en regardant ce type la réponse était venue toute seule. J'avais presque envie d'aller lui dire merci.

– Bon… faut que je rentre, alors, hein ?

– Ouais, je crois que ta mère et toi vous avez des choses à vous dire. On se connecte vers 9 heures ?

Elle a ajouté « mon amour » et j'ai eu l'impression de gagner dix ans. Je me suis senti grand et fort comme mon cousin Nico. Plus, même.

Grand et fort comme quelqu'un qui n'a plus peur de répondre à toutes les questions.

Grand et fort comme Aristote.

Ouvrage réalisé par
Cédric Cailhol Infographiste.

Reproduit et achevé d'imprimer
par l'Imprimerie France-Quercy à Mercuès
en **août 2012**.

Dépôt légal: **septembre 2012**
N° d'impression: **21440**
ISBN: 978-2-8126-0406-5

Loi n°49-956 du 16 juillet 1949
sur les publications destinées à la jeunesse

Imprimé en France